Rábanos

Lada Josefa Kratky

NATIONAL GEOGRAPHIC LEARNING | CENGAGE Learning

¿Qué se ve en el terreno?

Arriba se ve la mata.

¿Qué se ve debajo?

Debajo está la raíz.

Es una raíz roja.

¡Esta raíz es el rábano!
El rábano se arranca.

Se lava.

No se deja nada
de barro.

¡El rábano no es
un rábano! La raíz es
un lindo ratón rojo.